在你心中跳一支舞

阳　阳　著

SMG阳阳工作室　摄影

金城出版社
GOLD WALL PRESS

图书在版编目（CIP）数据

在你心中跳一支舞 / 阳阳著；SMG阳阳工作室摄影 .－北京：金城出版社，2017.12
ISBN 978－7－5155－1590－8

Ⅰ.①在… Ⅱ.①阳… ②S… Ⅲ.①散文集－中国－当代 Ⅳ.①I267

中国版本图书馆CIP数据核字（2017）第284163号

在你心中跳一支舞

作　　者　阳　阳
摄　　影　SMG阳阳工作室
策　　划　黄　倩
责任编辑　雷燕青
开　　本　880毫米×1230毫米 1/32
印　　张　6
字　　数　100 千字
版　　次　2017 年12月第1 版　2017 年12 月第1 次印刷
印　　刷　三河市腾飞印务有限公司
书　　号　ISBN 978－7－5155－1590－8
定　　价　68.00 元

出版发行　**金城出版社**　北京市朝阳区利泽东二路3 号 邮编：100102
发 行 部　(010)84254364
编 辑 部　(010)64210080
总 编 室　(010)64228516
网　　址　http://www.jccb.com.cn
电子邮箱　jinchengchuban@163.com
法律顾问　陈鹰律师事务所 (010)64970501

自序

但愿我的这支舞能留在你心中，
会的，早已刻下了每一个瞬间……

我的这本书，字很少，算是爱情留下的巨额遗产。爱情，倘若长眠不醒，就是死了。

我错在总是去冒犯本该可以将就的生活。蝴蝶淹死在沧海里还觉得很文艺。

2016年。王子归来。

当全世界遗忘我时，你走近了我。

寒冷的冬季。我又开始了我已经埋葬的纯真年代。

很长一段时间我在每晚睡前收到你的晚安图。我默默地存在手机里，存在心里，然后也制作回复一张，却几乎不发送给你。后来，于是有了这本我的回忆中的晚安图集，我的未来的旅行手帐。

我们一起经历寒冬的小屋拆迁了。我在那废墟上留了影。月光下的废墟令我想念你。

还有那个阳光淡淡的午后，我在草坪上哭。你给我吃辣条，企图逗笑我。我吃完了大柚子把皮顶在脑袋上当帽子。

很多次，以为你走了，可你又回来了。你为什么要回来？你应该断了我的念想。

你在车里陪我聊到凌晨3：00。

关于我们的故事，他们统统猜错。

只是想再写一本书，白纸黑字的书，记录我从火焰中挣扎腾飞出来的心。

我已经不想对任何人太用力，没有必要，最终大家内心萧瑟。情感是一种理性而且残酷的训练。

我只要一个你，偶尔让我放松逃避。其余时间，给我自由。我不再贪爱，在一起的时候却灌注深情。

我喜欢这样的境界。

我去德国时我们分开了10天。夏天变得好漫长了。你说，你去的不是欧洲？仍是尼泊尔？

你这穿的……绿松石的项链，黯淡沉郁的湖绿色麻布衫，菩提树，繁华落英的图案。

那么多年，内心喜爱的没有变。那年，在博卡拉的集市上，游荡一天。和当地人一起坐在路边抽烟剥柚子吃。

就允许我漫不经心地走下去，并且一事无成，好吗？

我并没有一颗勇猛之心，也不希望自己不断加速。我宁可纵身一跃跳入眼前的大海，化身海妖或者浪花一朵，都好。

你了解我，我虽然置身于人海中，但是我疏离而且流动。我选择让我身心自在的场合，机场、车站、咖啡馆或者花园……

但是，不喜欢宴会之类的场合，棉布裙子和亚麻衬衫，都太过于随意，不适合陪我去所谓的社交场合。一旦去了，时尚与寒暄也令我因为假装应付自如而疲惫，或者干脆走神，甚至麻木。对主人也不尊重，不如不去。

听说，只有经济不独立或者害怕孤单的女人，才希望通过婚姻来获得安全感。可是对于我来说，这都不是问题。我享受我这样的生活，不觉得艰苦，丝毫没有困顿和脆弱。有很多理想束之高阁，不能横渡沧海，也无法展翅高飞突破出口，偶尔的小小怨尤过后，心里的仙人掌又是繁茂苍翠地生长着。

我的身体对于时间是有记录性的。我的最大优点是：不对抗生活，不避世，尽可能优游自在地和世俗生活打成一片。

早早相逢有多好，你可以带我去看日出吗？像当年，用毯子裹住冰冷的我，在山顶唱歌取暖。我疯过笑过，却晚了8年关注你爱你。

你是这个现实的世界对我做出挽留的唯一理由。多么伤感而孑孓的你的存在，为你担忧焦虑欣喜，却没有时间为自己哭泣彷徨落寞。你治愈了我的伤痛，令我的内心变得稳定而坚强。我远离了远行，我孤立了孤独。

我深爱了你，你救赎了我。

我结束了我剧烈的没有方向的游荡生活。敏锐和勇气依然在内心滋生着，生生不息，安静而强壮地陪伴你，有时候梦里会突然见到你高过我的头，长出一对翅膀，飞起来。

狭路相逢的美。

我有棉布般柔软的心，但是我也有钻石般坚硬的意志。

人的一生中，会遇到2920万人，相爱的概率只有0.000049%。

所以，如果我们没有在一起，不能怪彼此……

天色昏暗，快要大雨的样子。我找到高架下卖栀子花的女孩儿，买下她手里所有的栀子花。她感激我给我对折的价格，我感激她成全我的贪心，我贪心这黯淡的清香，透出坚定的傲气。

我们的生活都太满了。

认识的人太多，获得的物质太多，手机里的信息储存太多，一如胃里的食物太多，人会不舒服一样，脑袋总是晕晕的缺氧状况，我需要饥饿的感觉，能令我清瘦而清醒地承担这世界。

理性是枷锁，感性是毒药。你要什么？

我要理性。

甜言蜜语的微信一条接一条，笑看，删除。我知道这个世界的哪部分是游乐场，哪部分需要我深信不疑。

那年，开着橘红色的Jeep穿越死亡谷。50度的高温，炙烤着我，水尽粮绝的旅途末路，我抱住自己以为濒临绝境很快会死，抓住你就好像抓住了来生的幸福。

安全回来以后，我几乎记忆丧失。

其实我都记得，可是现世还没有结束，我们的来生在哪里？

留了一张湖蓝色亚麻衬衫、长发飘飘的照片，在橘红色的吉普车边上，很像做秀。

是我的刻舟求剑。剑，早已经失去……

沙漠里冷水泡出的茶水，8小时后的甘洌，你一口没喝，舍得让我一饮而尽。来不及爱你，来不及发生任何故事，你走进我的心里，我失魂在沙漠。

奥修说，死去的人，将会从他生前深爱之人的身上收回能量。因此，那个被爱的人，会感觉失落匮乏忧郁。

我不怕死，我怕我死了以后你该怎么办？也许，是我把你想象得过于脆弱。没有我，你一样睡得好吃得香。

世界这样荒凉，寂静深不可测。如果，你不在我身边，我该何去何从？

那只是如果，我现在觉得温暖而知足。

我为什么一定要选择在人群当中被大家认可的花好月圆？

经过Tiffany专卖店，没有挑选钻石。喜欢一个Tiffany绿的吊坠，以及一把小到可以握在手心里的银制梳子。

这吊坠令我想起在加德满都不小心丢失的亚麻围巾。仅此而已。我不需要知道它的材质，我并不想保值。

这里是欧洲，不是尼泊尔。我提醒自己，不必拘泥于某种情结，那么狭隘的情结。但是，我很快决定跟着感觉走，因为我没有人需要讨好和解释，而且关键是，我真的不需要钻石。

小梳子精巧可爱，有浅粉色的流苏系在一端，中国元素令人联想古典而婉约的宋词。我的头发多年来一直长到近腰际，我总是说，如果发生逆天大事我就剪成短发，可是一直没有机会给自己剪成短发。因为，发生任何事情，我都对自己说，那不算什么！走着走着，也就过了。

长发不剪，是对自己的坚持与认可。

梳心。亦是对自己的一个祝福。

我怀里揣着小梳子，有点暗暗地得意洋洋。

整个秋天，我都穿着我的懒人鞋。黑色面子绣喜气洋洋的牡丹花，一脚套上，配条牛仔裤。自由自在。

我也迷恋我的懒人沙发。巨大的圆沙发，足以把我的人全部窝在里面，蜷缩或者舒展。一本书，一杯茶。我在这里写我的懒人日记。随兴涂鸦，没有章法，没有目的。

在这之前，我觉得我已经没有时间懒散，没有时间可以发呆，没有时间可以出错。感觉每一步都是紧凑的，每一天都是有序的。

不用太勤奋，不用太在乎。人生就皆大欢喜。

人生的那次奋不顾身的爱情和那次说走就走的旅行，不会再来。我并不后悔。

我知道，结局都是一样，所以我慢慢说服自己，最终接受下来。所有的绝望和欲望，都被时间冲刷干净。离开的人，我不想重温，甚至连小部分记忆也不想保留。如果不是迫不得已，我想清空记忆库。可是，我没有办法全部忘记。他说，不要那么残忍地把我全部忘了。你是我太繁华的一个梦。梦醒了，伤感，甘心承担。然后，忘记你！

在一起缠绵，安心而亲密。分开时，不说想念，也不会干涉你和谁联系。以爱为名义，变相地索取是愚蠢和自私的。我不想束缚你，是因为我自己需要自由。

不是我狠，而是我们只不过偶尔并肩同这个落寞人间抵抗。我们没有办法互相取代，也没有办法为对方牺牲。爱情，有时候也只是一次合作。无须亲密无间，不如保持距离。我不是明星，不用对公众完美交代，我们只要对良心负责。

我宁可把日子过得平淡，因为我的感情容易深陷，所以我总是在控制，恐怕洪水决堤难以收拾。然而，仍然决堤了。

在梦里，我看到自己那年去林芝的模样，还有回到拉萨买的亚麻衬衫，樱桃红、翠绿、孔雀蓝、大地黄、炭黑……宽松轻薄而柔软，容易起皱。那几件衬衫，几十块钱，我穿了三年。洗到褪色，袖口的线脚脱落，甚至用手可以轻易撕成碎片。于是折叠好，放在箱底。穿这样的衬衫的时候，我觉得是我自己活过来。后来在上海买到的亚麻衬衫，价格不菲，却总是不那么喜欢，总是想，如果颜色能够再暗淡纯粹一点，质地能够再旧一点再柔软一点该多好。只有你喜欢我穿旧衣服的模样。

一个人去看午夜场电影。晚饭是硬硬的法国长棍面包，有一点点咸味和奶油味。觉得并不特别好吃，可是很有嚼劲，不断有碎末掉下来，后来我渐渐地迷上这样的面包，让我吃起来很有耐心。

我从来没有相信爱情，至少结一次婚是必须要处理掉的事情。我们很合适，各取所需，相敬如宾。我沉溺在孤独的自我当中，其实无人可以走入我内心。我所害怕的事情还是发生了，我那么小心翼翼维护，可是婚姻生活依然谋杀了我的感性与灵感。我离自己的世界越来越远，回头时，发现那个世界已经几乎消亡。我的内心产生强烈的恐惧感，于是希望以某种方式救赎自己。

大家为什么都渴望逆生长？青春有什么好……我希望我苍老到失去痛感，笑容回到最初的纯真。

我在逆境吗？我需要奋起反抗吗？

我选择放下，然后忘记。

不要指责我的冷酷。我早就对你说，永远并不是很远，不是远到我们都会老去，而是那么短暂已经结束。

我对你好，因为下辈子我们未必还碰得上。但是我不会委屈自己，因为一辈子不长，人生苦短。

原谅我已经不会大悲大喜。我知道我只有一个心脏，却有两个心房。一个住着欢笑，一个住着哭泣。欢笑太大声，会惊醒哭泣。哭泣太大声，会感染欢笑。人生，就是那么残酷。《笑忘书》里有一句歌词："有一个人保护，就不用自我保护。"那没有人保护呢？只好披荆斩棘，步步为营了。

橘红的刺绣。闪闪的白钻勾勒出一个非常酷的骷髅。淡蓝的牛仔布帽子。

把帽檐压低。有种安全感。

可是你那么酷炫的一顶帽子，那么那么的惹人注目。你怎么低调得起来？

请注意——我不是要低调！我的意思是：你可以关注我，我可以忽略你。我的安全感是用来让我忽略别人的眼光的。就那么简单。

整晚失眠，似睡非睡。梦见你带我穿越开满鲜花的小镇。长发飘飘、裙裾飞扬的女孩子牵你的手一路飞奔，超越我的身边，轻盈地像要飞起来，变成天边的云朵。我却伫立不动，心焦如焚。

成年人的感情，是不追问和不解释，是心照不宣后的突然走散，是一种冰冷的默契。我害怕这种感情的交流方式，每每想起心中近乎窒息。

我愿是你白色的罂粟花。清纯无邪的外表下，充满诱惑，让你中毒。

眼前的鲜花瞬间凋谢，铺天盖地的枯萎的勿忘我，变成了干花。黯淡沉沦的美，颓废孤立的美。

这是我，站成了其中一株勿忘我。从梦里惊醒。

我只是在你心中跳了一支舞，然后灵魂出窍远走高飞。在我的现实世界里，用我的青春逝去换你的成长飞扬。

我知道
有时候
真的只有这只小熊
陪你吃饭

多愁善感的心

爱琴海和爱情没关系对吗？

穿一次婚纱令你忐忑是吗？

年　　月　　日　|　天气
　　　　　　　　|　心情

年　月　日　天气
心情

年 月 日
天气
心情

孤独地生长
是我不要的勇敢

年 月 日
天气
心情

年 月 日 | 天气 心情

对于所有错过的
我真的不指望后会有期

年　月　日　天气
心情

幸好在那些搁浅的日子里，我们都尽力地想办法要启程。

与你一起，我不需要咖啡。哪怕有绵密隐约的苦涩入
衰，仍然沉迷于柔软芳香的回味。

我心中的“逆生长”就是：
没有阳光时，仍然笑得蓬勃。

年 月 日 | 天气
心情

老婆总会变成老太婆的，
那么，我变成老太婆的时候，
你还叫我宝宝吗？

年 月 日 | 天气
心情

我要你陪我喝醉
可又要你送我回家

年　月　日 | 天气
心情

在你的气息里，让我痴痴入睡……醒来亦如梦，梦见满溢的幸福。

打败爱情的，
是时间，
无一幸免……

年　月　日
天气
心情

年　月　日　天气
心情

手拉手压马路
最怕到后来
梧桐依旧茂盛心已荒芜

年　月　日　天气
心情

假如，时光未老
我们却散了
我该如何用余生来忘记你

年　月　日 | 天气
心情

你看不见
我转身奔跑前依恋的眼神
因为我们相距已经太远了

年 月 日 | 天气
心情

我甘愿看着你沉睡
宛如与世隔绝

年 月 日 | 天气 心情

海誓山盟真的只是海市蜃楼
我尘埃落定的时候你飞向了天空

你那么美，但是
一如既往的美也是单调，
所以，终究还是会被厌倦。

年　月　日　天气
心情

萨尔茨堡老城区的这张床
给了我，犹如
你在的温柔的晚安

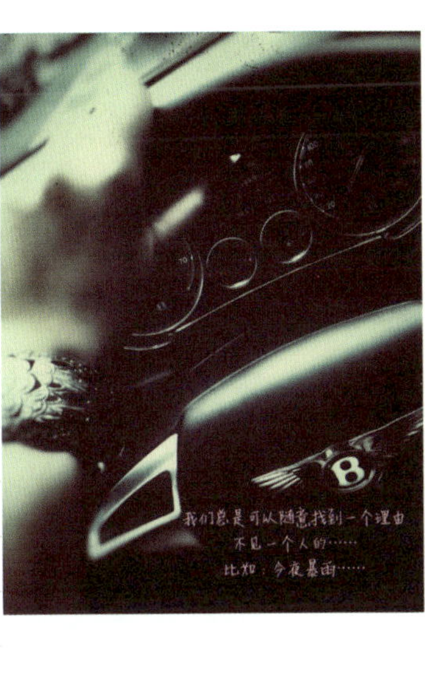
我们总是可以随意找到一个理由
不见一个人的……
比如：今夜暴雨……

咖啡香弥漫
感觉有你的气息
用我的晚餐陪你吃早餐

当所有的绮丽水彩在时光在弄中褪色
你是否还欣赏这铅笔素描般的容颜？

你忘记牵我的手走路，我赌气坐街角花园，你努力哄我开心，却不知我是为你不开心。

感谢你在那些日子里
让我变成一个孩子

年　　月　　日　天气
心情

年　月　日　天气
心情

年　月　日　天气
心情

年　月　日　天气
心情

一场告别风暴
即将来袭
她的心里仿佛有了预感

年　月　日　天气
心情

昨日海誓山盟，别后海阔天空，
木心相送，但愿今生后会无期。

年　月　日　天气
心情

所有的不如意，只是我的一杯冰镇饮料。

两个椰子
朱拙地相爱着
两颗细腻柔软的心
满含清甜汁液

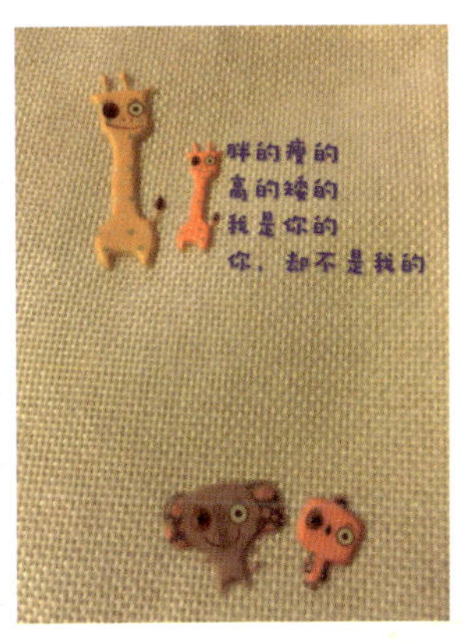
胖的瘦的
高的矮的
我是你的
你，却不是我的

这里应该住着
一个小公主
她的爸爸妈妈
很相爱……

年　月　日 | 天气 心情

我不要成为茉莉叶，我不要成为蔷薇或百合，我只想与你在人间烟火里长相守。

最好吃的冰淇淋是
和你一起吃的冰淇淋

年 月 日 | 天气
心情

年　月　日 | 天气 心情

我亲爱的你
一直向着阳光
展示着灿烂
你累吗？

年　月　日 | 天气
心情

那个夜晚，等你在最后一班地铁，可你说这站不停靠，我下一站。我好害怕迷路，更害怕错过你。

年 月 日 | 天气
心情

那些花儿
是唱那些美丽的花儿
不是我这样的
没有哀伤不懂治愈

年 月 日 | 天气
心情

爱我？你不知如何爱我。
我，常常望着落地窗外发呆……

年　月　日　天气
心情

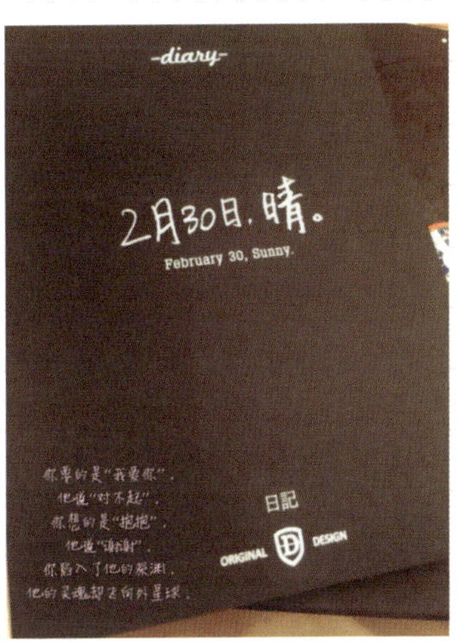
-diary-
2月30日，晴。
February 30, Sunny.
你要的是“我爱你”，
他说“对不起”，
你想的是“抱抱”，
他说“谢谢”，
你陷入了他的深渊，
他的灵魂却去向外星球。
日記
ORIGINAL DESIGN

年　月　日　天气
心情

年　月　日　天气 心情

年　月　日　天气
心情

这世间没有冻龄和逆龄的魔法
只要有你不停让我心里笑开花

感谢你在那些日子里
让我变成一个孩子

年 月 日 天气 心情

年　月　日　天气　心情

年 月 日 | 天气
心情

我知道自己有燃烧完的一刻，我成
了灰烬，你忘了我曾经的美丽。

年　　月　　日　天气
心情

年　月　日｜天气　心情

我忘了我想哭的时候应该抬起头才对，
不然眼泪会掉下来……

年　月　日　天气
心情

炙烤下他们其实都孤单
我也只是渴望
晚风中被忽略的壮观与亲近

亲MUUA!
pepsi
可乐的味道
不过如此
那个午后的小幸福
却回味绵长

年　月　日　天气
心情

命令你！把我拍得高一点瘦二点白三点美四点……嘻嘻。

年　月　日　天气
心情

在繁花似锦里告别你和我自己。

我看着你笑成眯眯眼
并不好看
但心底开出一朵花儿

年 月 日 | 天气
心情

年　月　日　天气
心情

年　月　日　天气
心情

年 月 日 | 天气
心情

年 月 日 | 天气 心情

假如时光未老，我们却散了，

我该如何用余生来忘记你。

NORWEGIAN JOY
NASSAU

年 月 日 | 天气
心情

年　月　日　天气　心情

我们在花海里跳舞吧，这个春天马上要过去。

年 月 日 | 天气
心情

我心中的“逆生长”就是
没有阳光时，
仍然笑得蓬勃。

有色彩的声音
有故事的旅行

我的旅行手账

檀木的芬芳，琥珀的光泽，还有远方的黛蓝靛青隐隐约约，近处的我的微笑，有胭脂的晕染，真真切切。

檀木的芬芳，琥珀的光泽，还有远方的黛蓝靛青隐隐约约，近处的我的微笑，有胭脂的晕染，真真切切。

有色彩的声音
有故事的旅行

我的旅行手账

檀木的芬芳，琥珀的光泽，还有远方的黛蓝靛青隐隐约约，近处的我的微笑，有胭脂的晕染，真真切切。